相沢正一郎

パウル・クレーの〈忘れっぽい天使〉をだいどころの壁にかけた

書肆山田

パウル・クレーの〈忘れっぽい天使〉を　だいどころの壁にかけた

古井戸のちかく
ふいに立ちつくした風というように、
あるきつかれたひとが決まって
腰をおろすところは　おおきな木の下。

(だめだめ、土塊をつかむ手はあっても
地の底に根のないあなたが
いくら葉っぱのついた枝をもって
あるく木のふりしたって……)

ときおり虫を追いはらう手つきをしながら

目をほそめて　光が葉うらをくすぐるのをながめていると、
まぶしいまぼろしが見え隠れする。
葉むらのささやきに耳をすましていると、
口もとに浮かぶほほえみが消え
水のにおいがつよくなる。

（もうすぐ　木になれる。
だって、さっきまで
耳もとで物うく羽音をたてていた蜜蜂が頬にとまっても、
もうまるで　こそばゆさを感じないから……）

1
夢

彼女は眼を醒ますと、決まって夢の話をした。まるで眠る前に母親にお話をおねだりする子どもみたいに……。

どんな夢を見たの、ってあなたが聞くと、彼女はふたたび眼を閉じ、水の中に潜って魚をつかまえてくる――といったふうに黙り込む。しばらくすると、まぶたの膜が透け、黒目がくりくり動いたかと思うと、石膏のような顔から生気がよみがえってくる。

そして、しずかに話しはじめた彼女の呼吸の合間に、あなたはときどき合の手を入れる。――まだ、宿題の夢や迷子になった夢を見るの、とか。夢の中でものを食べる寸前に目が醒めるってよく聞くけど、きみは本当に食べちゃうんだね、とか。怖い夢をよく見るね。シミュレーションなのかな、死ぬ前の、とか。

あの人形、まだ実家にあるのかしら——朝食のとき、彼女があなたに尋ねた。……にんぎょう、って、あなたはいつものように合の手を入れる。お気に入りのミルク飲み人形——おねしょをしたり、抱きしめるとママって話したり、横にするとクルッと瞼を閉じたり。……それがね、ある日、壊れてしまったのか片ほうの眼が閉じなくなって、いっしょに眠っていてもいつも片目が開いたまんま。そして、言うの——ママ、ママ……まだ眠らないの……って。

そのとき、ふと妙な気がして……あなたはテーブルの向こうを見た。まるで腹話術師みたいに誰かが彼女の姿を借りて話をしている——そう思ったのは、さっきから彼女のひだりの眼が青く光っているから——まるでガラスの義眼のように……。

火事よ。丘の上の家が真っ赤に燃えてるの――ある朝、あなたはいつものように彼女の夢の話に合の手を入れた――真っ赤って、きみの夢には色があるんだね、とか。白い煙は出ていたの、とか。火事になった家って、いまぼくたちが住んでる家、それともきみが子どものときに住んでた家……、とか。

水道の蛇口から点滴するようにポツリポツリと話をしていた彼女はいきなり、――つらいから、今度はあたしの代わりに話をしてと、催促。あいにく、ぼくは夢を見ない。本当は夢を見ていても朝になると忘れてしまうのかも……。夢の話じゃなくてもいいの。たとえばあなたの身の回りのことだとか。

だから、今度はあなたがいろんな話をした。

以前、彼女が欲しがっていたマチスの切り絵のような柄のカーテンや尻もれのしない醬油差し、洗いやすいバターケースを見つけたこと。二階のベランダの隅の植木鉢で木瓜が四本の枝にびっしり咲いたこと。彼女のお気に入りの紅茶茶碗を欠いてしまったこと。彼女がよく歌っていた曲の一節を思いがけず口ずさんでしまったこと。

それから、毎朝、あなたが彼女に〈おはよう〉っていう代わりに、ついうっかり〈お帰り〉っていってしまいそうになることなんかを。

彼女は、眼で微かに頷いたり、口もとに微笑みを浮かべたりして聞いていたけど、でも、本当は眠っているんじゃないかって思ってしまう。

そして、話の最後に——そこには、あたしはいないのね、そうつぶやいたとき、きゅうに彼女が透明なドアの向こう側に行ってしまうような気がした。

2

パウル・クレーの〈忘れっぽい天使〉をだいどころの壁にかけた

ねむるまえ、古いカレンダーから切り抜いた絵――パウル・クレーの〈忘れっぽい天使〉を額に入れ、だいどころの壁にかけた。すこし離れてみて、絵画の位置が天井から並行になっているかどうか確かめた。

そんな文章が、あなたの日記のはじめの方にある。

この日は曇り空。涼しい昼間は草むしりをした。てのひらに草の匂い。錆び付いた鎖を外して物置の扉をあけると、今度はてのひらが赤く染まった。
庭の水道で手を洗う。家にはいる。ながいあいだてのひらの脂に磨かれてドアノブが光っているのに気が付く。

あなたは日記のページをめくる。ドアノブをにぎった手に力をあつめ、ドアをあけるようにして、あなたはあなたの時間の部屋にはいる。

○月△日（晴れ）　夕方、仕舞い忘れたジーンズに気が付き、サンダルつっかけベランダへ。
ガラスを指の脂と息で曇らせながら、はんぶん透明になった顔のむこうを覗き込む。……テーブルに日記帳がひらかれている。

○月△日（曇りのち雨）　夜中にテーブルで日記を付けていると、うしろで覗き込んでいるひとの気配。……思わず振り向いてしまう。

○月△日（晴れ）　玄関に差し込まれている朝刊を引き抜こうとした途端、電話のベルが。あわてててつよく引っぱったら破れてしまった。
マーマレードの染みとパン屑のこぼれ落ちたテーブルクロスの上、新聞をひらく。

紙面から熱いコーヒーの香りにも薄まらない血と硝煙と蛆と膿と飢えが、傷口に巻いた包帯のように滲み出してくる。

同じ日の夕方、流しの下で、タマネギがビニールの胞衣を破って芽を出しているのを発見。


日記を読み返したとき、あなたはその電話の内容がなんだったのか、もう忘れてしまっているのに気づいた。……新聞の記事のことも。

○月△日（曇りのち雨）　風のつよい夜。カーテンの隙間から外を見る。透明な木々の影がおおきく揺れている——嵐の荒野で叫ぶリア王みたいに。

冷蔵庫の扉を開けると……停電。目に痛い光が消える。頬を撫でる冷気も消え、しばらくすると空気が生ぬるくなる。

○月△日（雨）　たっぷりのお湯に塩をひとつかみ。ホウレン草の茎のほうから鍋に入れ、シャキッと茹でる。じゅうぶんに絞る。瑞々しい緑を失わないように……。

書いた、あなたはその日の出来事を日記に書いた。忘れないうちに、鮮度を失わないうちに……。

○月△日（雪）　夜中に帰宅。家のドアをあけ、犬が身震いするように傘とコートの雪をぶるぶる。飛び散った雪が玄関の絨毯の上で水滴に変わる。

○月△日（晴れ）　湯呑をてのひらで包み、庭を見ている。キンカンの木にアゲハが舞っている。まるで、てのひらが〈おいでおいで〉してるみたいに。……以前、自転車の車輪にイモムシが繭をつくってしまい、自転車に乗れなくなってしまったことがあったことを思いだす。

てのひらの湯呑が冷めていく。この湯呑をうっかり倒してしまい、熱いお茶をそっくり膝に零してしまったことがあった。……茶柱が立っていて、幸せを感じたことも。

○月△日（晴れのち曇り）
とにかく　みずを一杯、って
淋しくなったら
ささやいてみるといい
ささやかなものたちが
急にいとおしくおもえてくるから

——と、詩のスケッチ。

それから、留守番電話に残っていた、旅だっていったひとの声に耳をすます。

書いた、あなたは日記に書いた。

ガラスに何度も体当たりしているミツバチを見つけ、窓をあけて逃がしてやった……ついでに、深呼吸。庭にとぐろを巻いているホースで、木や花に水撒き……ついでにホースの先に口をつけて水を飲む。

魚の骨がのどに刺さり、ごはんの塊を飲みこんだり、地震を一瞬めまいと勘違いしたり、川の流れに翻弄されている岸辺の草を見ていたり、仔犬の柔らかい毛を撫でて肋骨の下で脈打つ心臓の鼓動に触れたり、水切り遊びをしたり……。

そんな日々のディテールのあいだを通りぬけていく天使——車窓に貼られた葉書大のポスターが風景の中を走っていくように……。

みんな幻——コートの袖口のぶらぶらのボタンも、のどもとまで出かかっているのに思い出せないことばも、蛍光灯がチカチカ瞬いている苛だちも、靴に小石がはいってしまった煩わしさも、テーブルのまわりの家族の笑顔も、莢豌豆をひとやま新聞紙に包んだりしたことも……。

もう何十年も前に、日記を付けながらテーブルで浮かべていた表情をいま、あなたはなぞりながら読んでいる。

そんな顔を、しずかに目をとじて見つめている天使。

みんな幻——味噌汁の中から口をあけていない蜆をみつけたことも、食器洗いをしていてお気に入りの紅茶カップの縁を欠いてしまったことも、電車の網棚に買ったばかりのTシャツを置き忘れてしまったことも、雨の日に重い荷物をもったままなかなか来ないバスを待っていたことも、靴擦れも、歯痛も、腹痛も、擦過傷も……。

やがて、あなたはきょうもまたテーブルに日記をとじたあと、絵をまっすぐに直してから、いつものようにベッドに向かうだろう。

さて、と——そう言って椅子から立ち上がろうとしたものの……テーブルのまわりから眠りが満ちてきて、テーブルの表面に顔を沈めていく。

……………………………………………………………………………………

沈黙のざわめきの中、ふいに冷蔵庫が唸る——物忘れの激しい老人みたいに体中に貼りつけたメモを震わせながら。……ただ過ぎに過ぐるもの　帆あげたる舟。人のよはひ。春、夏、秋、冬。

日々はしずかに過ぎていく——雲みたいに、テーブルクロスが床に落ちるように……。

あしたもあなたは——うっかり眼鏡をふんづけたり、ソファーの下から靴下のかたわれを見つけて埃をはらったり、にわか雨に気がついてあわてて洗濯物を毟りとったり、歪にわれた割箸やわった卵にまじっていた血を見て胸騒ぎをおぼえたり、夕焼けや虹、漆のしろい葉裏をまくりあげる風を見て幸せを感じたり……。

○月△日（晴れ）　目の前でライフルの引き金がひかれ、象はおおきな木が伐り倒されたかのように、ゆらりと身を傾け、ドオッと地面に倒れる。ながいまつげに縁どられた目がうるみ、曇る。威厳も消え、地面に落ちたおおきなバルーンのようにみるみる皺のよった肉塊に変わる。

…………………………………………………………………………

目覚めると、消し忘れたテレビから床に溢れひろがった青白いひかりが床をザーザーひっかいている。どうやら、ざらついた風景に置き去りにされてしまったようだ。

眼が痛い——疲労が奥のほうに凝り固まっている。ひろげたてのひらの親指と中指で頭を包むようにして眉毛の外側を揉む。……皮膚の下に骸骨を感じる。

テーブルから顔をあげ、ふと壁を見あげると〈忘れっぽい天使〉の額縁が落ちている。薄汚れた壁紙には、四角いしろい跡——まるで表情を拭い去ったあとみたいな……。

3
声

あかい象、あおいくま、きいろいキリンのかたちをした磁石で冷蔵庫に留められている二、三のメモ……朝、そのメモがみな床に落ちていた。……〈水のトラブル〉や〈宅配ピザ〉の電話番号にまじって、〈鉢植えのセントポーリアに水をやってください〉。

冷蔵庫のしわぶき。

ひと月ほど前、病院のベッドであなたの妻は安全のため手に二股の手袋（ミトン）を嵌められた——というのは、勝手に点滴の管を外してしまったり、臍の緒みたいな管をからだ中に巻きつけたりするから。

あなたが監視をするから、と言うことで看護士の許可を得て、妻はやっと手袋を脱ぐことができた。ミトンから自由になった妻の手は、はじめ大人しくベッドの柵にとまっていたが、そのうち羽ばたいて、祈るように両手を組み合わせたり、まるで顔の前に舞っている蝶を追うかのように何度も宙を掴む。

入院する前、妻の手は瞬く蛍光灯を取り替えたり、蕗の皮を剝いたり、風呂の湯加減をみたり、青いビニール袋にプラスチック容器を押し込んだりしていた。いま妻は、その手をちかくの声のするほうに延ばし、あなたの手を探したり、あなたの顔を触ったりした。そして、Nサンダト思ッチャッタ。……ナントナクと言った。Nさんは、最近亡くなられた方。

数日後、あなたは自分の両のてのひらであなた自身の顔を覆うことになる。

病院からあなたが持ち帰ったのは、からっぽの旅行鞄ひとつと杖。歯ブラシやタオル、化粧品、ベッドの下の靴はもう必要がないから捨てた。(ずうっと後になって、あなたはカード入れに病院のテレビカードを見つけた。千円のカードのうち、使ったのはほんの僅か——なんて……考えてから苦笑い)。

それから、あなたは死亡届にあなたの妻の名前を書いた——年金手帳、戸籍謄本、いろいろなカードから妻の名を破棄するために妻の名前をたくさん書いた。

あなたはいま、だいどころでノートパソコンに向かってこの文章を書いている。とっくに眠ることをあきらめて淹れたコーヒーのカップの底の丸い湯気の跡がテーブルの表面に捺され、……消えていく。

今朝、コーヒーの香るこの場所でトーストを齧りながら、マーマレードに濡れたゆびさきを舐めなめ留守番電話の〈聞き直し〉のボタンを押した。——〈畳の裏打ちをお安くしております〉とか、〈こんどの日曜の朝八時からドブ掃除をはじめます〉とか、〈リクエストの本が届きましたので、一週間以内に図書館へ〉とか……そんな声にまじって、旅だっていったひとの声――冷蔵庫ノ野菜室ニアル牛蒡、ドウシタノ……。

その声を聞くたびに、ツメタイ水ガ飲ミタイ。オイシイ。スゴクオイシイ。……ココニハ鏡ガ置イテナイノネと囁いていた妻の顔を思い出す。亡くなる前、顎の下から懐中電灯の光を当てたみたいに白く浮かんだ顔――かつて怖れや不安、喜びや怒り、ためらいや疑惑を浮かべていたそのひとの顔が飛びたっていったことを思い出す。

もうそろそろ、この声も消却しなくては……。

パソコンのキーの上を踊っていたあなたの指がとまる。てのひらをいつまでも見つめていると、いつのまにか画面からたくさんの文字が消え、目の前の昏い鏡に影のような顔があらわれた。その顔は、毎朝、洗面所で歯をみがくときに明るい鏡の向こうにあらわれる顔とよく似ていた。

4 フィリップ・マーロウの猫

朝、ベッドの下にミステリーの本が落ちている。

本を開く——そうそう、ものがたりは午前六時半、私立探偵フィリップ・マーロウが電話のベルに起こされ、ベッドで眼を開けるところから始まるんだったな。

《「君はマーロウ。そうだね?」「ああ、どうやらそのようです」と私は言って腕時計を見た》……そのとき、本の欄外でも、電話のベル——じゃなくて……きょうは、珍しく目覚時計のベルより先に目を開けた。

キッチンでコーヒーを二杯のんだ――火傷《やけど》しそうなほど熱くて苦い、情け知らずのやつを。コーヒーは疲れた人間には血になる（じつは猫舌で胃弱。あなたはフーフー湯気に息を吹きかける。本当はミルクを入れたほうがいいのだが、ここは痩せ我慢）。……ゆうべは日記に〈雨〉と書いた。まだ、心のあちこちに水溜りが残っている。

テーブルに朝刊をひろげる。雨に濡れた新聞紙には朝の匂いがしない。皺の寄ったテーブルクロスを見て、セザンヌの「サント＝ヴィクトワール山」を思い出した。それから、いつものようにトーストと茹で卵（半熟）、それにベーコンと萎びたレタスを食べ、破れた朝刊に目をとおした。《あたりはひっそりとして陽光に満ち、平穏そのものだった。とくに騒ぎたてることはない。マーロウがまたひとつ死体を見つけただけだ》。

四杯目のコーヒーをすすりながらカレンダーを見た――そういえば、タマがいなくなってからもう五カ月が過ぎた。きのうの日付にしっかり赤い丸印……

あれは、たしか歯科医の予約。

やれやれ、すっかり失念していた。はたして、そんな男に猫の捜索など出来るものだろうか。眼鏡がない、めがね、めがね……と、毎朝あちこちさがしまわっている男に。


ちょいとばかりの勇気と知恵と、歩きまわる熱心さ——マーロウ、きみが歩く卑しき街は、悪女の誘惑——派手な衣装のネオンサインが隠している悪徳……蘭の花の甘い匂いを漂わせた淫売婦……そうだ、きみの憎む（そして愛する）薄っぺらで芝居がかった虚栄の街は、デパートの屋上にちょっぴり似ているかも——まだページを開けていないミステリーの本みたいに……果汁10パーセントの缶ジュース。

緑色のペンキを塗ったような人工芝、握りしめていた小銭を入れるとのろのろ動き出したかと思うと不意に黙り込む縫いぐるみみたいな乗り物、おおきな玩具のようなホットドッグのお店。晴れ渡った空でさえ、あわてて立てかけた書割の嘘っぽさ。

きみの街には雨が降らない。だけど、ぼくの住む町はテーブルの上の湿った新聞紙。まるで床屋で髭を剃ってもらうときに顔に被せられたタオル。でも、マーロウ、……きょうからぼくは、強面に振舞うタフガイ。

きょう一日、このミステリー小説同様、いやに電話のベルが鳴ったな。（畳の張り替え、墓地の勧誘、図書館のリクエスト……）。そのたんびに、本を開けたり閉じたり。

玄関のベルが鳴ってドアを開け姿を見せたのは素敵な脚のあでやかな女じゃなかった。拳銃を手に目を血走らせた殺し屋じゃなかった。ドアを蹴破る警官じゃなかった。宅配便や回覧板……みんなさよならを言わない。なぜなら《彼らはいつも相手と再会することを望んでいる》から。

ここでぼくも名言をひとつ——ひっきりなしにベルの鳴る日があれば、何日も鳴らない日もある……なんてね（《次回はもうちっと冴えた台詞をこしらえてこいよ》)。

《時が足音を忍ばせ、唇に指を当てて、しずしずとすぎてい》く。……たちの悪い官憲にピストルを突きつけられたり、悪漢たちからブラックジャックで頭を殴られるなんてことはない。ましてや《どこかの横町で目を覚まして、目にするのは覗き込んでいる猫の顔》なんてことは……。

もちろんマーロウだって、朝食のあと身支度をととのえ、ハリウッド・ブールヴァードのオフィスへクライスラーを走らせ、わずかばかりの報酬で、しょっちゅう頭を殴られ、のどを絞められ、顎をつぶされているわけではあるまい。オフィスで、蠅叩きで青蠅を狙ったりしながら依頼人を待つ時間の方がはるかに多かったはずだ。

また始まった……きょうはどうかしているぞ、マーロウ。

きょうもまた、眠るまえにテーブルで日記を付けるだろう。日記には〈ゆうがた、八百屋とドラッグストアの間の植込みのあたりで猫を探しているひとを見かけた……あの老人は、私自身だったのかもしれない〉とかなんとか。

すこし前に二階に行き「はて、自分は何をしにここに来たんだろう」と、首を傾げたことは書かない。だって、それじゃあ猫を探し出すより前に、ぼく自身の方が失踪してしまうじゃないか。

＊　私立探偵フィリップ・マーロウが活躍する小説は、以前から清水俊二の翻訳で愛読していました。今回は、村上春樹の全訳でいっきに再読。……映画館から出てきたひとみたいに本を閉じたあともマーロウを纏っています。
『大いなる眠り』、『さよなら、愛しい人（さらば愛しき女よ）』、『高い窓』、『水底の女（湖中の女）』、『リトル・シスター（かわいい女）』、『ロング・グッドバイ（長いお別れ）』、『プレイバック』の七つの長編の引用や雰囲気を織り込みました。

作者レイモンド・チャンドラーの小説には猫は登場しません。《彼女は愉しいことが好きで、その気になっているらしい。でもまだ今ひとつ自信が持てない。子猫にあまり興味を持たない家庭で飼われている新参の子猫のようだ》なんて、比喩として出てきたりしますが……。なお、チャンドラーはタキという名の黒猫を熱愛していたようです。

5
喰う

夜中に、水を飲もうとしてだいどころへ。
するとコップの中で入歯がニッと笑い、カタカタ語った。

喰ウ。さらだヲ喰ウ。とんかつヲ喰ウ。ジャガイモノころっけヲ喰ウ。はやしらいすヲ喰ウ。らーめんヲ喰ウ。……ダケド、オマエハ、口カラ尻ノ穴ニツヅク一本ノ管。殻ダ。オマエノ軀ハ空ダ。

目の前には、白髪の翁――内側からすっかり肉をえぐりとられた渋紙色の顔に茶色い染みと深い皺……あなたが鏡の中で見たのは、あなたの父の顔。

あたりに微かに漂うのは二十年前に亡くなった父の体臭。

喰ウ。天丼ヲ喰ウ。……ダケド、香モ失セタ丼物ヲ片手ニ掻ッコンデ喰ウ醍醐味ハ、ショセン若者ノモノ……ダイイチ油ノ匂イヲ嗅グト、モウソレダケデゲンナリ。……オマエハ、たれガ染ミコンデくたっトナッタ海老。

……あの日、父はベッドで眠っていた。肉を削ぎ落とされた軀は静かに呼吸していた。皺寄った頬の洞穴から甘酸っぱい臭いをはきだしていた。水に湿らせたガーゼでいくら口もとを拭っても、濁った唾液がしろくたまり乾いていく。

父が死んだとき、病院で手わたされたものは、入歯。……ほかにあなたの父があなたに残してくれたものは、白髪、乱視、それから、高血圧――そのおかげで朝晩、ちいさなノートに血圧計で血圧の数値を付けることになる。血圧の波は、いまもあなたの生そのもののように不安定に揺れている。

ソレナラ、サッパリト蕎麦――マズハ一本ノ歯触リ。ソレカラ先ッポヲチョコット汁ニツケテ再ビ味ワイ、猪口片手ニ、軀ヲ斜メニカシゲ、蕎麦ヲタグリヨセ啜リコム……ソンナだんでぃずむハモウ似合ワナイ。今ハ蕎麦屋デ昼酒。

いつだったか紙の箱の片側に寄り、かたちの崩れた冷たい寿司――夜中に上機嫌な父が寿司の折詰をぶら下げて持ち帰り、眠っていた子どものあなたを叩き起こし、酒臭い息を吐きかけた。

いま、あなたは死んだ親父の齢をとっくに追いこしてる……父はもう、減塩、ダイエット、運動、ストレス、そして、笑い、怒り、悲しみから解放された。

喰ウ。煮立ッタ鍋ノ湯気ノ向コウ、肉片ヲ奪イ合イナガラ、仲間達ト取リ交ワシタ冗談、憎マレロ……ソノウエ鍋ノ中ヲ箸デチョット触リ、鹿爪ラシク頷イテ能書キヲタレタリ……ダケド今デハ、オマエハくたくたニ煮詰マッタ春菊、黒焦ゲノ葱、鬆ガ立ッテ穴ダラケノ豆腐……。

カタカタそう語ったあと、コップの中の入歯がふたたびニッと笑った。

6　へのへのもへじ

はじめに　へ
ぷ　じゃなくて　へ

〈眉毛〉のこと。

あげたり、くもらせたり、つばきをつけたりして……喜怒哀楽にはとっても便利。ホクロやひげ、シワや髪の毛なんかとおんなじ装飾品。

おつぎは　の

すわったり、テンになったり、ウロコをおとしたり、いちばん筋力があるのが、この〈目〉。

〈生き馬の目を抜く〉〈鬼の目にも涙〉〈鼬の目《ま》陰《かげ》〉……と、ことばのバラエティーだったら負けない。〈男の目には糸を引け、女の目には鈴を張れ〉って言うけど、ほそめたり、みひらいたりって、たぶん両方とも必要。

〈聞けば気の毒、見れば目の毒〉、〈目と鼻の先〉、〈目は口ほどに物を言う〉って言うけど、〈鼻〉や〈口〉、〈耳〉ができるまで、もうちょっと待ってほしい。

への　への　の

したに　も

胡坐をかいて、まんなかで威張ってるのが、この〈鼻〉。

だけど、いちばん攻撃をうけやすいし、〈鼻〉の血や水はいやがられたりする――〈目〉から出る水には、なぜかみんなとても好意的なのに、ね。

でも、なんか〈鼻〉って、もさっとしていてユーモラス。それに、悲しみもある――〈鼻〉のおおきな剣士や僧侶、象の〈鼻〉に先っぽが赤いお姫さま。

そうそう、ある朝、〈鼻〉がなくなっているのに気がついた男が大通りで馬車から礼服をきた自分の〈鼻〉をみつける、そんなおはなしもあった。

〈鼻〉が歴史をかえるなんて言われてるけど、どうなんだろう――だっていま、整形美容がとても流行ってるし。

も　の
したに　へ

もういちど〈へ〉っていっても、〈眉毛〉じゃないよ。いまは〈口〉をむすんで見得をきってるけど、は、ひ、ふ、ほ――って、わらったり、ないたり、おこったり。

〈口も八丁手も八丁〉〈死人に口なし〉〈人の口に戸は立てられぬ〉……。こえをだしたり、たべたり、のんだり、したをだしたり。なぜか〈口〉を〈くちびる〉っていったりすると、きゅうに生々しくなる。

さいごが　じ

痔、じゃなくて、ひらがなの〈じ〉。でも、この字だけ濁っていて、なんかヘン。〈﹅﹅〉も〈し〉につながってないし……。だいいち〈﹅﹅〉は耳なんだろうか。顔に耳がないっていうのもヘンだし、耳がひとつだけっていうのもヘン（ゴッホの自画像……）。

ほんものの〈耳〉もおんなじ、このパーツだけとっても、複雑でとっても奇妙なかたち。もしかして、顔ぜんたいが、耳――だから、耳ってとても大切。

〈馬の耳に念仏〉〈壁に耳〉〈寝耳に水〉……〈みる〉〈かぐ〉〈しゃべる〉と違って、〈きく〉って受け身。だけど、いちばん働き者。生まれるまえから死ぬ間際まで仕事してる。
　いちばんはしっこで輪郭からはみだしてるから、つかんで引っぱりあげると、ふたつの〈へ〉が寄り、ひとつの〈へ〉がイタタタタッ。

十分後――
へのへのもへじ
ひとりぼっちで　さみしいから
もひとつ
へのへのもへじ
ふたりっきりで　さみしいから

もっとたくさん
へのへのもへじ

へのへのもへじ へのへのもへじ へのへのもへじ へのへのもへじ へのへのもへじ へのへのもへじ へのへのもへじ へのへのもへじ へのへのもへじ

へのへのもへじ へのへのもへじ へのへのもへじ へのへのもへじ へのへのもへじ へのへのもへじ へのへのもへじ へのへのもへじ へのへのもへじ

へのへのもへじ へのへのもへじ へのへのもへじ へのへのもへじ へのへのもへじ へのへのもへじ へのへのもへじ へのへのもへじ へのへのもへじ

へのへのもへじ　へのへのもへじ
へのへのもへじ　へのへのもへじ
へのへのもへじ　へのへのもへじ
へのへのもへじ　へのへのもへじ
へのへのもへじ　へのへのもへじ
へのへのもへじ　へのへのもへじ
へのへのもへじ　へのへのもへじ
へのへのもへじ　へのへのもへじ
へのへのもへじ　へのへのもへじ
へのへのもへじ　へのへのもへじ
へのへのもへじ　へのへのもへじ
へのへのもへじ

たがいに〈鼻〉つきあわせたり、〈目〉をあわせたり、〈耳〉をかしたり、〈口〉をだしたり。そうして、〈顔〉から、ひをだしたり、どろをぬったり、うったり、かしたり、たてたり、つぶしたり、つないだり……。

——って、鼻の下に墨のヒゲをつけ、テーブルで得意になって書いてるあなたもまた……無邪気な誰かさんが、気まぐれに書いた〈へのへのもへじ〉。

八十年後——

えんぴつで〈へのへのもへじ〉と書かれた文字に埋めつくされた用紙がテーブルに積み上げられる。まいにち繰り返されるこの苦行は精神の奥深いところに根ざしている病か、それとも雑念を振り払い精神のバランスを保つための写経か。

ながい時間に抗う習慣のようなものか、それとも壮大な無駄か。ともかく紙の無駄使いであることは確かなんだが。……そこで今度は、消しゴムでいままで書いた〈へのへのもへじ〉を消していくことに。

この作業にあなたは熱中する……いや、喜びと言うよりも、蓄積する疲労感……これじゃあ、シーシュポスの神話。でも、わずかに〈へのへのもへじ〉を抹消する、という殺戮の歓びも。……ねむい――消しゴムをつかんだまま、瞼がだんだん閉じてくる。

それでも、あなたはテーブルで眠りに抗って作業を続ける……そして、作業が終わった白紙の山がどんどんテーブルの下に積み上げられ、とうとうテーブルの上には最後の一枚。……やっと終わった。

その一枚に残った、たったひとつの言葉――風にふるえているたった一枚の葉っぱが、白紙の荒野に立ちつくしたおおきな木にしがみついてるみたい。〈へのへのもへじ〉

なんだかちょっぴりあなた自身に似てる。だから、あなたはしばらく消すのをためらっている。

ねむい……思い切って、最後の〈へのへのもへじ〉を消してしまうと……誰もいなくなった。

テーブルに、白い紙が一枚。

7

時の顔

ポプラも、ヒナゲシも、白帆も、旗も、雲も、水面も、日傘も、ボートも、
風にゆれてる。……じかんって、みたひと、いないのに、どうして〈じかん〉
って、なまえつけること、できたのかな。
ひかりや、かぜ、だって、みんな、みたことないけど……。

夜中にテーブルでモネの画集をひらく。

サン・ラザール駅——ひとも汽車も駅舎も、橋も建築物も塗り込まれた煙と蒸気の白に溶けかかっている。

ページをめくると、積み藁もポプラ並木も、堅牢なルーアン大聖堂でさえ、乾燥したパンのようにポロポロ崩れそう。『三匹の子豚』でさえ、ほっぺたを膨らませた狼の吐く息で、はじめ藁の家、つぎに木の枝の家が吹き飛ばされてしまうけど、最後のレンガの家だけはびくともしなかったのに……。

テラスも、ヨットも、農場も、橋も、公園も、町も、大聖堂も、象の鼻のかたちをした断崖だって、時の移ろいの中に揺蕩っている。

ページをめくる手がとまり、ながいあいだ観ていたのが、『死の床のカミーユ・モネ』。カミーユは、一八七九年に三十二歳で死去。モネとは十四年以上も連れ添ったひと。

この絵に、ジョン・エヴェレット・ミレーの『オフィーリア』なんかも連想した。ミレーの絵には、オフィーリアが、小川のほとりのしだれ柳に花冠をかけようとして枝が折れ、流れにまっさかさま……川面に浮かびながら古い歌を口ずさみながら流されていく、そんな情景が描かれている。

ミレーのオフィーリアは明るく鮮やか、抒情的それでいて精緻なリアリズム。でも、モネのデスマスクの強風に波打つ荒い筆跡には、静謐と怒りの激しさと、恍惚と苦悶と、悲しみと祈りがせめぎあっている。

二〇一七年一月三日……深夜、病室のあなたの妻の呼吸がはげしくなった、と思った途端、魂が飛び立った――顔という帆布の凹凸を残して。……一生かけて創った顔は一体どこに行ったんだろう。


さて、カミーユが亡くなって九年後、モネは『戸外の人物習作(左向き)』を描く。カミーユをモデルとした『散歩、日傘をさす女性』とおなじ構図――逆光でモデルの向きと草むらに落ちるつよい影。もちろんモデルは別。強風になびくショールに、今度は顔が完全に消されている。

そして、『赤い頭巾、モネ夫人の肖像』はカミーユが亡くなる六年前の作品。

赤いスカーフを被った外套姿のモネ夫人がガラス戸越しに室内をのぞいている。外は雪の白。カーテンは開かれているが、扉は閉じられたまんま。

モネが五十歳のとき、ジヴェルニーに家と土地を購入。その頃から、おなじ場所に画架を立てて光の効果を凝視める、という〈連作〉——〈ヒナゲシ〉〈積み藁〉〈ルーアン大聖堂〉〈ポプラ並木〉のシリーズが始まる。……光は透明なのに、つきあたった対象物の凹凸と色彩を照らしだす。モネは刻々と変化する光に時間を感じていたんだろう、きっと。

六十八歳で視力の低下を自覚し、やがて白内障と診断。……ひとは年齢とともに、はじめ流れる点の時間から、中年になって時間の中に遠近法といったものを感じ、晩年になってからその遠近感を失い、時がおなじ平面の上に混在しはじめる。

目を見開いてディテールに触る、目を細めて塊を感じる。モネは、だんだん目を閉じていったんだ……って思う。そして、五十九歳から八十六歳で亡くなるまで〈睡蓮〉を主題に制作に没頭。

まばゆい光のさざめきは、風景に点在するかたちを奪ってゆき、とうとうみんな水面にうつる影のように。そして、(モネの白内障の進行につれ) ついにディテールや遠近法や中心さえ失って……。

ねむい……「睡蓮」という漢字、睡眠に似てる——なんて思いながら、あなたもまた時間のざわめきの中にひろがっていく。

8 火を貸して下さい

火を貸して下さい……そんな台詞は、もう死語。だって、タバコを吸う習慣がもうとっくにあなたから消えていたから。消えて行ったのは、あなたの中からだけじゃない、世界中で禁煙がひろまった。

火を貸して下さい……そんな台詞から、プロメテウスを思い出す。プロメテウスは、天界の火を盗み出して人類に与え、そのためにゼウスの怒りを買い、カウカーソスの山頂の岩に鎖でつながれ磔にされ、生きながらにして鷲に肝臓を啄まれるという罰を受ける――そんな神話上の人物。……思い出すたびに鷲の嘴がからだになんども突き刺さる痛みがよみがえる。

火で思い出したのが、火鉢。

てのひらを火にかざし、ときどき灰かきで炭の火を宥めすかしたり、怒らせたりしながら、継ぎたての切り炭のおしゃべりに耳をすます。熱いのは手や顔のまわりばかりで、闇に沈んだ肩や背中、それに足の先が痛いほど冷え切っている。

やっぱり〈暖〉は〈寒〉によってよりつよく感じることができるんだな——光が闇の中でより一層ふかく知ることができるように。

でも、火鉢もいまでは死語に近い……ほかに竈《へっつい》、提灯、煙管《きせる》、囲炉裏なんかも。そのうちライターや灰皿さえ死語になってしまうだろう。

火を貸して下さい……あのライターで火を点けるときの余分な文章をカッティングするような冷たい金属音。背を丸くして、てのひらで濃い闇と強い風から炎をかばう緊張感。もし煙草がなくなってしまえば、コーヒーだって友を失い、ハードボイルド小説だって味わいがなくなってしまう。

ある夜のこと、だいどころに熊がやってきた。

おおきな熊はテーブルに着くと、てのひらを頬にあてたままむっつり黙り込んでいる。あなたは重い沈黙に耐え切れず必要以上に饒舌になったりした。それがまた虫歯の熊の神経に触ったりして。

そのとき思ったんだ——テーブルの上にカップだけじゃなくて、灰皿という小道具がもうひとつあったらどんなにいいだろうか……って。

テーブルから……、いや世界中から灰皿が追放されてから、タバコの煙幕のうしろに隠れて俯きかげんにチラと相手を見る、といった恥じらいがなくなってしまった。相手との距離感も微妙に狂ってきた。ふたりでタバコをくゆらせながら、黙っている——そんな余裕が失われてしまった。

二十一世紀、ニコチンやカフェインのちいさな毒が世界の片隅や蔭に隠されてしまった。……どうなんだろう、明るくて清潔な場所って、ひどく落ち着かない感じがしないか——わたしたちの中に眠っていたちいさな悪が炙り出されてしまう……そんな気がしないか。

そうはいっても、気を付けなくちゃならないのは、なんといっても火事――プロメテウスが火を盗んでからずっと続く災難。（そういえば、半鐘も死語――吹き荒ぶ風、犬の遠吠えに混じった〈ジャン、ジャン、ジャン〉も、もう落語や時代劇でしか聞くことができない。そんな抒情は、ひとを不安や焦りに陥れる消防自動車のサイレンには望めない）。

たしかに、安全にはなった――電子レンジや暖房器具（カーペット、クリーンヒーター、電気スリッパなど）、炬燵も木炭でなく電気。しかし蚊取線香でさえ電気になってしまった現在、どうなんだろう。かつて石油ストーブで温めていた弁当の匂いや、焚火に投げ込む枯葉の香りも消えてしまった。

湯加減は――そう尋ねながら煙に噎せながら薪をくべ、風呂の火を焚く、そんな贅沢はもう遠い昔。でもなぜか、祖先が洞窟のうちがわの天井に描いた獣が闇の中で火に揺れ動くのを互いにからだを寄せ合ってじっと見あげている

――そんな残り火がまだ意識の底にあるような気がする。

花火のあの硝石と硫黄の香りは、いまも健在。

闇夜に咲く打ち上げ花火もいいが、なんといっても手花火。さっきまで賑わいといっしょに花を咲かせていた花火、燃え尽きたあと、バケツの水に浮かぶのは脱け殻の安っぽい原色。最後に袋に残った線香花火を袋から取り出し、闇の中でふるえる手の先のちいさな火の球がジリジリ沸騰する音を聞き、零れる松葉の火を見つめていると、なぜか笑い顔が消え、みな肌寒さを抱えて黙り込む。

そうそう、もうひとつ思い出した――若い人たちと喫茶店に行ったときのこと。テーブルの上にひろがるのは談笑ではない。みな俯いてスマホを見ている。なるほどメールで噂がひろまる情景は、火災とも似ている。でも火は、現代では怖ろしいことに熱を知らずに〈炎上〉する。

9 風の居場所

i 風の住む家

〈母の家〉を出てから、たくさんの引っ越しをした。はじめ〈旅籠屋〉のつもりで移り住んだ家のひとつが、庭に木や花や野菜を植えてから〈仮住まい〉に、死んだ愛犬を木の下に埋めたときから〈住まい〉に変わった。

さて、こんどはどんな家に住もう——丸太小屋、合掌造りの民家、洞窟、テント、シェルター、方丈庵、樹上の家、ユーカリの木を縫い合わせて水に浮かべる舟の家……。

ひざしや風、砂やほこりから身を守るんだったら出入り口をすっかり失くしてしまって、やわらかい生命がつくった幾何学の城、貝殻がいい。空気の揺り籠、繭がいい。木の枝にはりめぐらされた綾取り、蜘蛛の巣がいい。歌の壁に包まれた家、鳥の巣がいい。あなたが〈あなた〉を超えて〈あなたたち〉になる、珊瑚もいい。

こんど住むときにも、柱の疵ひとつからさえ記憶が滲みだす……そんな家がいい。まだ読まれていない部屋があって、凍りついた時間の中、家具のあいだに身振りや声のぬくもりが残っている……そんな家がいい。

等身大の木の〈箱〉や、骨になって住む〈壺〉の永遠はまっぴら――なぜって、家は動詞で織られているから――やねを葺く、くさを編む、どろを塗る、あなを掘る、へいを築く……というように、ね。

土の家も、木の家も、石の家も、どうせ時間という一息に吹き飛ばされてしまうなら、屋根も壁も床もすっかり失くしてしまって、いっそ窓だけにしてしまおうか。

汚れ、腐敗、錆、埃、悪臭を洗い流し、まるで洗った皿を清潔なふきんで拭くようにまぶしい光に磨かれた窓。あなたを呼ぶ声の手ざわりがちょうどよく濾過される窓。

そんな窓に凭れて、ときには月のひかりを浴びながら時のみちかけに思いをめぐらすのもいい。

ii　風の住む街

ひと風呂あびたあと、あなたは椅子に腰を下ろし、先ほど豆腐の薬味の紫蘇を毟ったあたりを見ながらビールを飲み、豆腐をつつく。——旅先で持ち帰った植物がやっと庭に根をはり、ちいさな紫色の花をつけたな。あの木の下にタマを埋めたのは、確か一年ほどまえ……。

いつからだろう、この街に根をはったのは……。はじめ近所をあるくたびに——たとえば茄子やタマネギ、すいかなどを買いに八百屋に行くまでの距離でさえ街はよそよそしい表情をくずさず、まるで〈旅〉をしているような気さえした。

あなたの〈旅〉は、しばらくすると〈散歩〉にかわる。植込みのあたりにミステリーを読んだり、坂道で沈丁花の香りに何かを思い出しかかったり、踏切りで目の前に光と凶暴な音の飛沫に昼間かくされていた殺意を見つけたり、小銭にぎって立つ自動販売機の明かりに抒情を感じたりした——そんな街角になぜか懐かしささえ感じた。

かつての赤い筒型から箱に変わって以来、ポストが街から姿を消した……というより気づかれなくなった（手紙やハガキを手に街を歩くと姿をあらわすのに、ね）――そんなことを呟きながら夕暮れの街を揺蕩っているあなたは、さっきから腰をおろす場所を探している（この時間になると、図書館、郵便局、役所の待合室の席も死者たちによって塞がってしまう。……この齢になると、ひどく疲れやすくなる）。

あなたはマンホールの蓋を踏まないように家路を急いでいる。……背中を失くし、影を失くし、声を失くし、そのうえ帰る家さえ失くして。あなたはあなたの中に子どもを見つける――白と黒のシマウマ模様の〈横断歩道〉やチェス盤みたいな公園の舗道を黒い面を踏まないようにピョンピョン跳ねながら渡っている、子どもを。

また、あした――そう言って子どもたちが別れて行ったあと、あなたは公園のベンチのあたりに姿をあらわす人たちの気配を感じたりする。児童公園のブランコを錆びついた音たてて揺らしたり、てのひらで守りながら煙草に近づけるマッチの火をふっと吹き消したりする人たちに出会ったりする。

10 だいどころの戦記

I 壇ノ浦

すがめの忠盛……テーブルに着く。〈伊勢のへいじはすがめなりけり〉……貴族にはやされ、はずかしめ。武勇のほまれ、歯をくいしばり――いつかかならず武士の世を……。おうぼう清盛……法皇おしのけ、お鍋ひとりじめ。煮えたぎるお鍋にのみこまれ、えびのように反りかえり跳ねあがり――熱《あ》つ熱《あ》つ……。

あわれ祇王、なげき歌……おしかけ白拍子の美貌にこころひかれた清盛、祇王をおやしきから追いだした。祇王、山里のいおりで念仏。あらほうし文覚、おおさわぎ……まずは勧進帳ひろげ大音声、法皇の宴めちゃめちゃ。つぎに義朝のしゃれこうべ首にかけ、頼朝に平家打倒をけしかける。それからこんどは清盛の孫——六代御前まもり頼朝に強談判。

いなかもの義仲……木曽谷に旗あげ、得意の絶頂。武勲をたてて乱暴狼藉。みやこにはいれば味方にきらわれ、おこった義経と大げんか。とうとう川に蹴おとされた。はなやか牛若、九郎義経……弁慶ひきつれ大活躍。鵯越の坂おとし、平家を海に追いおとし、こんどは兄におとされた——「平家物語」のページの欄外に……。

なきむし俊寛……テーブルの下でシクシク。火はもえ、硫黄にえたぎり、雷なりわたる鬼界が島。はじめ怒って、あとの悲しみ。ぢだんだふんで母もとめる子どものように、遠ざかる舟のあとの恨みなげき――夢かうつつか、うつつか夢か、血ばしった眼でなんども何度もゆるし文みる――名前はどこだ、自分の名前はどこだ……。ゆうもう忠度、歌もうまい……けんか敗れて〈読人知らず〉。

＊

『平家物語』のさまざまな登場人物にスポットライトがあたって……あなたはいま、いろんなひとを演じてきた――テーブルのまわり、たったひとり椅子にすわって。

　ねむい――〈へいじ（徳利＝平家）たおれた、へいじたおれた、へいじたおれた〉……傾いたグラスから赤いワインがテーブルクロスにみるみるひろがっていく、しずかな悲鳴みたいに。

《波の底にも都がございます》なんて言って、あなたは落ちていく、テーブルクロスをつかんだまま――これまでの人生、あなたはトーストや魚、薬罐を焦がさないように、ピーターラビットの絵柄のカップを割らないように気をつけながら生きてきたのに……。

……………………………………………………………………………

テーブルのうえ船いくさが始まったのか、なにやら騒がしい――櫓を操り兵船の音も鬨の声も兜や甲冑を打つ太刀の響きも、眠りが剝がれ落ちるにつれ、いつのまにか近くをはしる車の潮騒、洗濯機の渦音、冷蔵庫のすすり泣きに変わる。

《祇園精舎の鐘の声》というには、電子レンジの鐘の音やハンドミキサーの蟬の声や顔じゅう口にして餌を催促するタイマーの雛も、あまりに味気ない。〈見るべき程のことは見つ〉……翌朝、テーブルで新聞をひろげると、那須の与一の放った矢が、あなたの寝癖で突っ立った髪をかすめ、ヒュルヒュルヒュル……。

さて、いつものようにテーブルで微睡んでいると、……怒りを歌え、女神よ。まよなかのだいどころで、ゆるんだ蛇口から水の滴り。その音が、トロイアの歌を語りはじめる。

水を求めてだいどころにやってくる、勇士たち――夢と目覚めのあいだを彷徨って……。さあ、野菜たちが演ずる英雄叙事詩のはじまり始まり。

はじめは、唐辛子の子ピーマンのアキレウス、怒りの炎。剛勇ならびなき男。おつぎは、玉ねぎのオデュッセウス。生で辛み、煮込むと甘み、炒めると香り、と複雑。剝いても剝いても正体をあらわさない知謀武勇の将。つづいて、じゃがいものアガメムノン。ギリシア遠征軍の総指揮官。なんたる厚顔無恥、なんたる強欲。戦のあとの物語で、妻を寝取られ間男に殺される男爵薯。

そのつぎは勇名轟く人参ヘクトル。和風、洋風、中華の名脇役。滅びゆく民の運命を背負う悲哀。さいごは、パリス、女ったらしで意気地なしのトマト。色気があって、煮込みのソースでものがたりの味付け。だって、ヘレナとのロマンスで、叙事詩トロイアの歌が生まれたんだから。

ギリシア軍に物資や家畜といっしょに収穫されたトロイア神殿の神官の娘クリュセイスはカリフラワー。巨漢の大根、大アイアスは繊細、どこかユーモラスで誠実。大政小政で、おつぎは駿足の小アイアス、短軀の蕪。毒舌家テルシテス、殺菌効果バツグン、ドラキュラさえ退散するニンニク。たった一本の矢で、歴史に名を刻んだ那須与一、いや茄子のパンダロス……。

矢叫びの響く戦場——火と水が激突し、胸中に煮え滾る激情は凄まじい物音たてて、大地は轟き、大空は鳴り響く。たくさんの野菜勢が雪崩を打って逃れた先が銀の渦。激流は吼え、野菜どもは渦に掻き廻されながら、滾り立つ炎々たる焰の息吹に苦しみつつ、ここへかしこへ、と。

……………………………………………………

テーブルの下に逃げ延びたのは、ミニトマトひとり。蛍光灯の下、きらめく青銅の武具は台所用具に変わる――世に言う冥王《アイデス》の兜はお鍋に、鬼神の如く敵を薙ぎ倒した太刀は包丁に、研ぎ澄まされた槍は鉄串に。

そして、ホメロスの歌はふたたび水道の蛇口の滴りに。冷蔵庫の悲痛な呻き声が……。まよなかのだいどころは、兵《つわもの》どもの夢の跡。

11
あなたの名前の中にも水がながれている

夜中に、水を飲みにベッドから起きあがり、洗面所へ。……不穏な夢があなたのこころの底に残っていて、ざわついている――水底で死体を抱いている夢だ。はたして誰の死体だったのか……。やがて、いつものように夢の内容だけでなく夢をみたことさえ忘れてしまうだろう。

まだこの手に残っている――ひんやりした感触を。水道の蛇口をひねる。鏡の中の顔と向かい合う。てのひらの中で水はガラスを通してあなたのゆびさきに冷たさを伝えている――水はコップの形……あなたのからだだって何年かしたら細胞がぜんぶ入れ替わってしまう、〈あなた〉という形を残したまま。

きのう（といっても、いまから五時間ほど前）、葬式の受付で筆を握り、名前を記帳した。帰宅後、日記を付ける――こんどはボールペンで。几帳面に日付のあとに〈雨〉と書いた（なぜ、日記には天候を付けるんだろう）。それから、葬式のことと亡くなったひとの名前を書いた。……そのまえにあなたが毛筆で自分の名前を書いたのは、もっともっと前の話――子どものあなたは墨を摺りながら鼻の穴をふくらませて墨の香りを嗅いだ。あなたの顔にも墨のヒゲをつけたりして……。

芳名帳のあなたの名前のまえには、達筆で――水嶋、絹川、後藤、大園、阿蘇、岡島、君野、村野、小原、柏木……紙面には、名前が互いに手をつないでいるように並んでいたが、死んだひととの関係の濃淡はあっただろう――なんて思った。

六十年前のきょう、古い日記にもきちんと天候――〈晴れ〉と書かれていた。この日あなたは海水浴に行った。海にはいると、ゆっくりと息を吸って、規則ただしく泳いだ。疲れると砂浜でこんどは仰向けに横たわった。

太陽、磯の香、潮騒……幸せだった。海水浴に来ていた大勢のひと――いま、何人が存命だろう。

雨はまだ降り続いている。いまごろ墓地では、名前が刻まれているたくさんの石が雨にぬれている……石の下には、たくさんのひとが眠っている……お互いになんの干渉もなく――なんて思った。

12

あるくひとは顔をだんだん失っていく

午前二時……やっと一人きりになれた。

うわっつらにしかめっつら、ふくれっつらになきづら、さかつらのあかっつら、したりがおでしらんかお、なにくわぬかおであっかんべ、おおきなかおでへのへのもへじ……昼間のたくさんの顔から、ついに解放された。

あなたを悩ませるのは、あなただけ。……あなたを呼ぶ声も消えた。聞こえるのは冷蔵庫のノイズと窓のむこうに降る雪の音。

顔――たしかにあなたの行く先をふさぐ顔だって、ひととひととを結ぶひとすじの道――目や口のまわりの筋肉組織の微妙な運動が魂を表現する。だけど、顔のうしろに隠されている本当の顔……たとえば笑顔のうしろの悲しみ、怒った顔のうしろの後ろめたさだとかは見えない。

もう顔色や声音を読むのにうんざり……だったら、ノートをひらいて、きのうページに刻みつけた書きかけの詩句――あなたのあしあとを読んでみよう。

きっくきっくきっく
いぬ　と　かりゅうど
あしあと　おって　ゆきのうえ

すると雪の上の鮮やかなあしあとを追っているあなたのテーブルの下の足も踊りだす――きっくきっくきっく。あしおとの強弱、リズム、息づかい。……あしおとには顔や声なんかよりも、いっそう豊かな表情を読みとることができる。

テーブルの上のあなたのくちもとに微笑みが浮かぶ。……そう、まよなかのだいどころで自由になれたのは顔ばかりじゃない。足だって窮屈なくつから解放された。

ノートの欄外で、あなたはいくつものくつを履きつぶしてあるいているうちにだんだん顔を失っていく。……足はもう死にかけていて、いやな臭いがする。


さて、ノートの詩句のほうはあのあと、あしあとが消えてしまっていて、まるで翼のあるものに空から掻っ攫われてしまったよう。

ねむい……。眠気にあらがって、姿を消したウサギのわずかな血のあとを探すように椅子から立ち上がると、あたりをうろうろ――このあと、どう続けていったらいいのか。


窓のむこうの雪も静かにざわめきだし、庭の余白をひろげていく。

テーブルに着くと、くちもとから微笑みが消え、悲しみにちかづいていく。

あなたの顔はひかりを失った乏しい表情……っていうより、うすぼんやりした凹凸の面になってくる。
やがて、あなたはテーブルクロスをつかんだまま椅子から滑り落ち……つめたい床の上でもうひとつの顔――足の裏の泣き笑いの顔を見せたまま飛び去ってしまうだろう。

あるきつかれたら　おやすみ
あしあとのこし　わずかなえもの
おもいあしどり　いえじをいそぐ

13 シェイクスピアの四大悲劇の台詞のある風景

a（夜中に閉め忘れた窓の隙間から……）

夜中に閉め忘れた窓の隙間から忍び込んだ風が、テーブルの上の芝居の本をめくる。

誰を演じようか、さがしてる。……さっきまで、料理のレシピ本をめくっていたのに、ね――なぜわかったかって。だって、あたりにはタマネギの香りが漂ってるから。

おやおや、傍線――本のあちこちにあなたのあしあと……《その髪白く、その顔皺だらけにして、目より松脂色の液体流し》――朝、顔を洗おうと蛇口をひねってお湯を出し、もう片方のてのひらで曇った鏡をぬぐったときに現れた顔を嘲って、おもわず口にしてしまった台詞。

そして、そのあとあなたは洗面台のへりに片手をついて、ふたたび湯気の霧のむこうに消えていく父親を見た。……そう言えば、息子のちょっとした仕草や癖、顔つきやものの言い方に自分の幼少のころの面影が生々しく現れているのに気がついてゾッとしたことがある。

あなたには三人の父親がいる。

まずはじめに、《金は借りてもいかん、貸してもいかん、貸せば金はもとより友人まで失うことになり、借りれば倹約する心がにぶるというものだ》と息子に諭すオフィーリアの父ポローニアス……幼いあなたが肩車やキャッチボール、釣りで接したのも、この父。

いつだったか紙の箱の片側に寄り形のくずれた冷たい寿司――夜中に上機嫌な父が寿司の折詰をぶらぶら下げて持ち帰り、眠っていた子どものあなたを叩き起こし、酒臭い息を吐きかけられた。(翌朝、新聞をひろげ隠している顔は、同時にあなた自身の顔……)。

つぎに、あなたが子どものときに書斎へ忍び込んで嗅いだ煙草と本の匂いは、ハムレットの父の亡霊。……真夜中、冷蔵庫の唸り声で、《誓え》と命ずるのも、この父。そして最後に《だがいいか、おまえの父上もその父上を亡くされた、その父上はそのまた父上をだ》と語るクローディアスは、あなたが父親の背丈を超えたときに、そして、あなたの息子があなたよりもおおきくなったときに姿を現す父親……。

あなたの中にも、三人の父親がいる。

あなたが思案をめぐらせているあいだに、風はゆびさきを舐めなめ本のページをめくっている。……いたいた、ここに。風がさがしてたひと……二人の墓掘り人が、本の欄外に鼻歌まじりに穴からほうりだす――あなたの頭蓋骨。

b（お父様、なにも言うことはありません……）

お父様、なにも言うことはありません。お父様は、《いちばん小さいがわが喜びのいちばん小さくはない末娘、フランスの葡萄とバーガンディの牛乳がおまえの愛を得ようと競っておる》と仰いますが、どんなに広大で肥沃な王国ぜんぶを戴いたとしても、コーディーリアは〈第五幕第三場〉で絞め殺されてしまうんですもの。

そして、悲劇の幕が降りたあと、ふたたびこの阿呆どもの舞台に引き出され、何幕目かに風や雨、稲妻や嵐――お父様は《静かにしてくれ、静かに。カーテンを引け》と叫ぶでしょう。そのとき今度こそ、犬も馬もネズミも、あわれな裸の二本足だって息を止めてしまう。……さあ、お父様、カーテンを開けてごらんなさい。

鬱蒼たる森林も、ゆたかなる平原も、魚の群がる河川も、裾のひろがる牧場も消え——窓の外は、いちめんの灰……。

c

（おぼえてるかい、握りしめていたきみの手を……）

おぼえてるかい、握りしめていたきみの手を母がふりはらった日の痛み……。おぼえてるかい、きみが高校の演劇でムーア人の将軍オセローを、顔をくろく塗って演じた日——《緑色の目をした怪物》と出会ったときのこと……。舞台を降りてからも、きみの恋愛に影のように纏わりついてきたね。

緑色の目をした怪物だって……嫉妬ってことさ。ドンファン気取りの男はしたり顔で、汁粉も塩の匙加減で甘味を増す、と言い、ある男は沼からミズバショウの花が咲くように汚濁から清楚な愛も生まれる、と言う。そしてまた、ある男は、嫉妬は〈炎の樹〉だと言う。〈炎の樹〉だって……。はじめそいつは、ちいさな瘤のような手ざわり。きみが隠しもっていた微かなにおいは〈炎の樹〉となって、いつのまにかおおきく育ってしまう、と言う。

あしもとには、根の蛇が剝きだしの神経のように縺れあい、ゆらゆら立ちあがる炎のけむりの枝から葉のように舞うたくさんの愛の蛾が身を焦がしつつふるえている。やがて、炎は蛾を、そして自分自身をも喰いつくしながら灰に溺れ、寸劇は幕をとじる。そう、ふたたび炎を生んだ闇の中へと……。

ニンゲン、八十を越えるころには苺の刺繡のハンカチからやっと解放されたものの、あいかわらず嫉妬の炎だけは燃えさかっている、と緑色の目をした怪物は言う。……愛は消えても嫉妬は残るってことさ、まるで生の証とでも言うように、ね。

d（お母さん、眠れないの。足音がきこえていたわ……）

お母さん、眠れないの。足音がきこえていたわ、夜じゅう、ずうっと……。朝、鏡の中に母が――しろい髪、ふかい皺のきざみこまれた渋紙色の肌、色褪せた灰色のくちびる……。

いつだって鏡の前には、いまよりずうっと後のあたしがいる。

《昨日という日はすべて愚かな人間が塵と化す死への道を照らしてきた》……剝がれ落ちた日々の皮膚が部屋のかたすみに吹き寄せられるように、鏡のうらがわには堆積した埃、灰、錆、蜘蛛の巣、嫩葉。腐臭……。

おもわず手をのばすと、みえない壁。あたしはあたしの顔にさわることもできない。てのひらを見つめる。……《まだ血の臭いがする》と溜息をつきながら、この手を洗うように擦り合せたりするのは、なにかに願い祈る無意識のしぐさ。それとも、からだの先のほうが冷えやすく、足の裏や耳たぶのように愛おしくなるから……。

やがて、この手も母みたいに骨と皮ばかりの枯枝になるだろう。そのとき鏡に顔を近づけてみても、あたしの息であたしを曇らせることはできないだろう。そして、あたしは手をのばしたまま鏡の表面を水のようにとおりぬけるだろう。

目の前には、あたしが背後に隠していたはずの雑草のはびこる荒れほうだいの庭がひろがっている。

＊　シェイクスピア（小田島雄志訳）の『ハムレット』、『リア王』、『オセロー』、『マクベス』を織り込みました。

14
ねこはひらがな、犬は漢字、カンガルーはカタカナ

まよなかのだいどころを自由に出入りするのは、犬とねこ。

よくテーブルの下で眠っていた太郎はいま、庭のキンカンの木の下で眠っている。

でも、あなたの足にはときどきあの犬の感触が……。テーブルの下を覗きこんでも、薄闇があるばかり。

おや、どうしたんだい、そんなに痩せて……。わたしが冷蔵庫の牛乳を皿に入れて床に置いてやると、たまは舌でぴちゃぴちゃ。

へんだな、このねこ――三十年も前から行方不明だったはず。……本当にたまなのか、影武者じゃないのか――そんな疑問を持つと同時に、眠りが剝がれてきて、夢だと気がつく。

ねこはむかしからよく家出を繰り返した。

飼い始めたばかりのとき、日記にたまがよく登場した。まるで絵画のサインみたいに暮らしの中には決まってねこがいた。

そのうち日記からたまの名前が出てこなくなった。ねこへの関心が薄れた、というんじゃない。たまのにおいにヒトの方がいつのまにか慣らされてしまって、家の中でねこのにおいを感じなくなってしまった、ということ。

たまの名前がふたたび日記に登場したのは、最初に失踪したとき。

〈たま、たま……家出した猫を待つっていうのは、大切な電話に待機してる金縛りの状態。……〈待つ〉ということばに〈期待〉、いや〈祈り〉さえ含まれた濃密な時間をつよく感じるっていうか〉なんて書かれている。
しかし、何度も失踪をくりかえすうちに、あなたの方も「盛りが付いたから」と見当がつき、ながいあいだねこの記述が消えた。そして、今度は十年後に日記にこんな詩みたいなものが――。

昼下がり　うつらうつら……
あの日も　日向でうつらうつら
ひざのうえには　ねこが
みみもしっぽもうごかさず
半眼にとじた緑色の目をゆらゆら

もしかしたら　まだ
ねこの夢の中なのかもしれないね
この世界も

ねこを待つひとも……

＊

〈犬は人につき、猫は家につく〉っていうけど、本当なんだろうか。

家出したねこをヒトは待つ。それじゃあ、犬は……というと、死亡した飼い主を待つ――そんなイメージが〈ハチ公〉によって作られた。渋谷駅の玄関口に作られた銅像でよく知られている、あの秋田犬。……あなたが死んだあと、テーブルの下で眠っているこの犬は、はたして……。

ねこはひらがな――しぐさや動作が、なにか障害物を避けながら水がよどみなく流れるような……。まるめた紙くずをほうると、ねこはひらがなのしなやかさで舞踏を披露しながら紙くずにじゃれつく。

犬は漢字――直情径行な漢字。棒を投げると跳んでいって咥え、まっすぐ戻ってくる。ねこを遊ばせるときにはヒトのほうが仕えているような気持ちになったりするが、犬は違う。主人を伺いながら忠犬ぶりをアピールしたりする。……〈棒〉といったけど、確かに犬は固い〈棒〉って漢字……いや、そんな感じ。（それじゃあ、ねこは〈風〉かな）。犬は信頼できる相棒。ねこは相棒なんかじゃない。同居人、友達、伴侶……いずれも違う。

以前、あなたの投げた骨のかたちの棒を追いかけたのはいいが、空中をくるくる回る棒にこの犬、したたかに打ち据えられた。そういえば、〈犬も歩けば棒に当たる〉って、……あったな。〈棒も飛べば犬に当たる〉。犬・棒本人は大真面目なのに、なぜかとてもユーモラス。そして、なぜかとても不条理。

忠犬に裏切られる意外性をあらわした〈飼犬に手を噛まれる〉をも含めて、犬は実直なイメージ。ねこは、〈借りて来た猫のよう〉、〈猫に鰹節〉、〈猫も杓子も〉、〈猫を被る〉、〈猫糞をきめこむ〉……と、狡賢い。それから世界の民話や文学、ファンタジーなどによく登場し、ヒトにとって悪、といった話がたくさん。日本の昔話にも〈猫又〉、反対に〈猫の恩返し〉なんていうのもある。

いずれもヒトが自分の中にある不可解さや恐怖、神秘のイメージをねこに投影したもの——と、ノートパソコンを打っていた手をキーから離し、思わずてのひらを見てしまう……擬人化されたことばなんかじゃない、毛なみや豆のような肉球、つめたい筍のような耳、ぬれた鼻づらは……この手がおぼえている。

＊

あなたはまだ、カンガルーを飼ったことがない。実物を見たことも、触ったこともない。（写真や映像でなら見た）。

ある日の夜中、だいどころにカンガルーが現れた。あなたは宇宙人と街角で顔を突き合わせたときみたいにビックリ。

こんばんは……と挨拶すると、カンガルーは、○△☆□◎▽◇……なにか口をモゴモゴやりながら、おおきな目をキョトンとさせている。あの目には、ねこの残忍さも犬の悲しみもない……。なんの感情も読み取れない、ブラックホール。

いや、困っていたのは、あなただけではなかった。カンガルーの方も、また。

……あの顔……そう、さっきワイングラスを取ろうとしたときに食器棚のガラスに映っていた顔にちょっぴり似てる——まよなかのだいどころで、ひとり取り残された男の顔に。

15

映画館で映画を観るっていうこと

映画館で映画を観るっていうこと——それはおなじ映像を楽しむことでも、畳に胡坐をかいて缶ビールをのみながらレンタルのDVDを見るのとはまったく違う。それはいきなり掛かってくる電話、お客の来訪、宅配便の脅迫などを避け、電車やバスに乗って安全な場所に避難する、っていうこと。それは嵐で難破した船の乗客が無事に孤島に上陸する、っていうこと。

映画館の椅子——むかしは破れた革をかぶった硬い椅子だったけど、いまはふっくら尻を沈めることができ、それでいてある程度の緊張感のある硬さも維持。柔らかいソファーのくつろぎはいらない。そうかといって、公園の止まり木みたいな硬いベンチじゃ味気ない。背凭れの角度の覚醒と眠りのちょうどいいバランスは——気取ったレストランで食事をするときの感じ、本屋から出て帰宅するまで待てずに喫茶店で好きな作家の本をひらくときの感じ。違うのは目覚めながら夢見るっていうこと。

ここにいながらにしていないいってこと。いないものをいるかのように幻覚させるってこと。夢を見ていることに気が付かないいってこと。そうそう、夜中にテーブルに着くっていうことと、ちょっぴり似てる気がする。

いや、……まだ椅子に座るには早すぎる、いきなり水に飛び込むんじゃなくて、まずは準備体操——というようなわけで電車やバスを乗り継ぎながら徐々に気持ちや期待をたかめていって、それから映画館でチケットを買い（シニア料金で。……齢をとって良かったこと、その一）、まだざわついている室内の絨毯を踏み、椅子の背の番号とチケットの番号を確かめながら、あなたはあなたを待っている椅子を捜し出す。

あなたのお気に入りの場所は、むかしから画面に対して中央の右寄りの端っこって決まってる（視力が落ちて、だんだん前のほうに移動するようになったけど。でも、前方の席は比較的あいてる。……齢をとって良かったこと、その二）。


むかし、映画館といえば扉と客席のあいだに煮しめあげたような緞帳がおもく垂れ下がっていたけど、いまは潜水艦のような二重ドア。便所のアンモニアの臭気なんかが客席にただよってくる、なんてことはもうない。

いまは絨毯の敷かれた床に傾斜があるから、座席に身を沈めても前の席のひとの頭に視界を遮られたり、また前の座席とあなたが腰をおろしている座席のあいだが広いため、目の前を通り抜けるひとがいるときには腰を半分あげなければいけない、なんてことはない。

さあ、携帯をマナーモードにして、姿勢を正し、私語を慎んで。あたりのざわめきが静まると、観客のだれもが申し合わせたように前方のおおきな余白を静かに見つめる――ここがひとりで楽しむ読書と違うところ。そうかといってあなたは群衆に呑み込まれたわけじゃない。自由はちゃんと確保されている。でも、マナーはきちんと守って。スクリーンでのおおきな音を見計らって、膝の上の紙袋に片手を突っ込みガサゴソ……紙カップのコーヒーをこぼしたりしないように。

覚醒と眠り、光と闇、集団行動の陶酔と孤独の快感のないまぜになった――夢の織物。物質から魂が解放されるように椅子に縛りつけられているあなたのからだから魂が自由に飛び立つ――夢の錬金術。

いまでは映画館のほとんどが入れ替え制、また指定席も多い。むかし、いきなりまっ暗な空間に放り込まれてしまったとき、目が慣れるまで立ちどまったまま徐々にたくさんの動かない人影たちが闇からうっすら浮かびあがるのを待って、それから空席を探しまわったりした。反対に座っているあなたの目の前、スクリーンの映像に侵入する観客の人影が通り過ぎたりした。そのたびに虚構の人物よりも現実の人間のほうが幽霊のように希薄な存在に思われたっけ。

むかしもいまも光の妖精が、ゆりかごのあなたに魔法をかける。ここが、お芝居と違うところ。まるでプラトンの「洞窟の比喩」(『国家』第七巻)じゃないかって。やっと洞窟の外に出ることができても、まだしばらく魔法はとけない。あしどりも軽く、高鳴る心臓のリズムでこころは踊るが、やがてあなたは自分の年齢の重力に気がつき、足がこわばる。

それから、まるであなたはあなたが生まれた場所を懐かしむようにときどき後ろを向いて、ななめ上方の空を見あげたりする——もしかしたら、ぼくはまだスクリーンの中にいるのかもしれない……なんて思いながら。

16 父の日記

〈父の住んでいるマンションのドアを壊し、外す。部屋に父が倒れていた〉と、あなたは日記に書いた。

父さんの顔は、立派だ。年輪が皺となって刻まれ、まるで年月に侵蝕された老樹のよう。そんな顔が……。

一週間後――〈病院のベッドで父が眠っている。肉をすっかり削ぎ落とされたからだが静かに呼吸している。薄くなった白髪、すっかり表情を拭いさった渋紙色の顔には――茶色い染みを投げつけられ点在。皺寄った頬、光の失われた眼の下がたるみ、緩んだ唇の洞窟から甘酸っぱい息、水に湿らせたガーゼでいくら口もとを拭いても濁った唾液が湧いて、しろく溜り乾いていく……〉。

あなたの父が亡くなった日にあなたが病院で手渡されたものは――眼鏡。コップに挿しこまれていた、ちびた歯ブラシ。まだインクの残っている万年筆。ほかに父があなたに残してくれたものは、高血圧。……白髪も、乱視も、歯槽膿漏も。そうそう、それから父の日記も。


父の日記には天候が几帳面に記されている。父もまた季節のリズムに揺蕩っている。

夕方、雨戸を閉めるときに見た、木の根のまわりに零れ広がった金木犀の金色の花。脚立に乗って梅の実をもぐときや、浴室の電球を替えようとして腰掛けにのって手を伸ばしたときに感じた恐怖。風邪がおなかに来てひどい下痢になったこと。

夕刊を読もうとして眼鏡を捜しまわった挙句、おでこに架っていたのに気づいたこと。海棠の蕾が少し膨らんできたこと。十年もならなかった柚子に実がなったこと。うぐいすの声、四十雀の水浴び。鮭のこうじ漬。かますの干物。甘辛く煮つけた牛肉と蒟蒻のとりあわせ……。

そんな父の日記のあるページが破り取られている。……開かれたノートの真ん中――綴じ部分がギザギザに。

失われたこの日に何が……。亡くなった父の背広のポケットにあった鍵のように、ちょっと気にかかる。

日記を読む、ってことは好奇心の入り混じった、ちょっぴり罪の味――覗き見するみたいな。たとえそれがあなた自身の日記だったとしても。大丈夫、ドアの向こうにあなたが斃れている、なんてことはないから。

でも、あなたはなぜか死者の眼差しで読んでいる。だからだろう、何気なく口ずさんでいた歌のひとふし、じゃがいもの皮を剝くことさえ懐かしい――ふるい本に差し込まれた押し花みたいに……。

父の日記を読んでいて、こんな文章も見つけた。

〈覆された玩具箱より、わが子が乾電池を舐めている。数ケ月前までは指しゃぶりしたいのに思い通りにいかず、目や鼻に当たったりしていたが、今ではスリッパや植木の土、安全ピン、体温計をつかむので目が離せない。先だっても、画鋲を口に運ぼうとしていた。どうやらカレンダーが風にあおられ落ちたようだ。あわててひったくる。一瞬、子は凍りつく。それから火がついたように泣く〉。

〈指しゃぶりしたいのに思い通りにいかず、目や鼻に当たったりしていた〉手は、いま夜中にテーブルで日記を付けたりしている。顔をくしゃくしゃにして泣いていたあの顔はいま、テーブルの上で微笑んでいる。

17
犬

ひでえもんだ……走ってる車のドアが、おれの目の前でいきなり開いて……背中をドン。ひでえもんだ。お袋のお腹ん中から飛び出したら、どこまでも続くぬかるみの小道ってわけだ。

寒い。箒をふりまわして落ち葉を掃くみたいにおれを追い立てるのは、猛烈な風ばかりじゃねえ……。やがて、尻の穴みてえな真っ黒な夜がやってくる。あとは世界の片隅で尻尾を巻いて眠るだけだ――腹をすかせたまんま。

……………………………………………………………

目が覚めると、おれは窓のそばの椅子に。まるで縛られてるみたいに身動きが出来ない、っていうのは脚にギブスを嵌められてるから。あしもとには双眼鏡が落ちている。

それにしても、なんて夢だ——あの犬、目脂をため、虱をわかし、そのうえ皮膚病で、股のあいだに尻尾を挾んでぶるぶる身体をふるわせながら始終おどおどしてた——よっぽど、いろんなやつから棍棒でどやされたりしたんだろう、きっと。

なんでおれが椅子に縛りつけられてるかって……ひでえもんだ……バイクに乗ってたら後ろから——ドンよ。車にお釜掘られ、気がついたらこの態《ざま》……おまけに女には逃げられるわ、まったく散々だわ。……脚にギブスが、薬指からは指輪が消えちまったってわけよ。

かゆい、かゆい、脚が痒い……はじめ、ギブスの上からカリカリひっかいてたけど、ながい物差しを隙間にいれて掻いてみたら……気持ちいいんだな、これが。生きてるって感じ。

はじめは、毛布にもぐりこんで自分のにおいを嗅いでいつまでも眠った。そのうち、退屈しはじめる。……あたりめえだろ、だって尻から根を張ってて動けねえんだぜ。だから、バードウォッチング用の双眼鏡でニンゲン観察ってわけよ。

でもよ、変わらねえな、窓のむこう——おれに似てるやつが行ったり来たり。喰って、ヤッて、寝て……まるで床屋のおおきな鏡の前……退屈でよ、ながいあいだ見たくもねえ自分の顔とご対面、ってわけ。

あーア、なんだかいつも眠くてねむくて。

……………………………………………………

寒い。おれは喰って、糞をひり出して、眠って——そうやって、くたばる。おふくろが墓穴に跨り、気張ってひり出し、それからまた暗闇ってわけだ。目覚めると、おれは歩く——街の埃っぽい道を風に嬲られる新聞紙のように、あっちへ、こっちへ追い立てられながら……。

腹へった。まずは、裏町の生ごみ漁り。行く先はわからねえ。……ともかく、お袋の腹だか棺桶だかわからねえが、あの部屋に戻るのだけはごめんだ。

18

ピーテル・ブリューゲルの七つの歌

a　ナポリの港の景観

いっそ窓から
みんな放り出しちゃおう、
やかんや鍋、フライパンや包丁、ハンドミキサー、缶切り……
とにかく片っ端から放り出しちゃうんだ。

花瓶や電子レンジ……ついには椅子、
テーブル、冷蔵庫、ピアノ、猫なんかも。

いっさいがっさい放り出しちゃったあと
ついでにぼく自身も……なんて思って
ふと、だいどころの壁を見ると帆船の絵。
一六世紀　ネーデルランドの画家によって描かれた
たくさんの船も　風を帆いっぱいに孕んで
日々を航海してきたんだな。

†

真夜中のだいどころでブリューゲルの画集をテーブルにひらいて詩を書く。
二十六年まえにもブリューゲルの詩を書いた。
だいどころは、朝から晩まで、毎日まいにち料理をつくったり、食事をしたり、テーブルを囲んでお喋りをしたりするところ。家族のそんな舞台が、むかしから切りもなくホームドラマを生産してきた。

遠いギリシア悲劇でも、戦争出陣の王の留守中、妻と情人が姦通、その果てに殺害——といった新聞の三面記事が、神話に昇華。シェイクスピアや近松門左衛門の芝居にも夥しい血が流されたものだ。

現代ではだいどころ——というよりもキッチンという清潔な舞台で、サランラップに包装された生贄のわずかな血。うっかり包丁であなたの指を傷つける、といった程度。


テーブルのまわりから昼間の物音は消えた——電話の鶏鳴も、電子レンジの鐘の音も、ミキサーの蟬の声も、やかんのサイレンも、顔じゅう口にした雛が餌を催促するようなタイマーも、ガスレンジの南風も、換気扇の北風も、洗濯機の滝の音も、包丁のタップダンスも……。

b　絞首台の上のかささぎ

なんてのどかな　ながめなんだろう
しろも　まちも　きょうかいも　やまも　かわも
ひかりにあふれ　くうきもすんで
おもわず　しんこきゅうしてしまいそうだ

おかのうえのきは　みどりのは　ふるわせ
こうしゅだいも　いまにも　あるきだそうとしている
あたまに　おしゃべりなかささぎ　のっけて

バグパイプのねいろにあわせ
あしもとから　のうみんたちが

おどりながら　とうじょう

†

やがて、背景の大パノラマを残して、登場人物は踊りながら退場する——頭にかささぎを乗せた絞首台も、バグパイプも、農民たちも、おもわず足踏みしている見物人も、尻を出して用を足している男も。

『絞首台の上のかささぎ』はブリューゲルの死の一年前の作品。ブリューゲルの作品には、いろんな人物が登場するけど、人物たちがいなくなった後の舞台美術もいい。

農民画家というレッテル以上に、風景画家としてすばらしい。……いつもそんなことを考え、わたしの頭の中で人物に退場してもらったりする。

c　ネーデルランドの諺

え　のなかには
たくさんのことわざが　かくされているけど
せかいは　こたえのない　なぞなぞでいっぱい

〈ぼく〉はなんで〈きみ〉じゃなくて〈ぼく〉なの
〈ぼく〉はどこからきて　どこへいくの
〈うちゅう〉は　はじまりと　おわりはあるの

こたえはもちろん　て　にしたほうがいいけど
て　や　あたまのほうばかりに　きをとられていると
あしもとをすくわれてしまうぞ

†

九十近くもの諺が隠されている絵の百科事典(この詩の場合は、『鳥の巣の諺』のほうが近いかも。もっとも、ブリューゲルの絵画には、たくさんの諺がどこかに隠されているけど)。

また、こうした比喩は、現実の人間社会のいたるところにある。たとえば〈かまどに向かってあくびをする〉とか〈骨をしゃぶる〉とか〈夫に青いマントを着せる〉とか。確かにことばも詩的でいいけど、絵解きは、意味がわかってしまえば、ちょっと笑って、なーんだと呟いてお終い。

よく、台詞に魂を吹き込む、といわれるけど、ブリューゲルの場合、ことばに〈からだ〉をあたえてる、って思う。心臓が鼓動を打ち、呼吸し、排泄する、汗くさい〈からだ〉がある。たとえ意味をまとっても、ときには〈ことば〉からはみ出してしまう〈からだ〉が。

だから、ブリューゲルへの挿絵やモノグラム、讃にしたりすると、ヘタな説明になってしまう。詩を書くときには気をつけて、〈匂付〉とか〈響きあい〉

程度にしなくては……。

d　反逆天使の転落

だいじょうぶ　とびらはしまってる
もんも　どあも　まどだって――
とかげ　へび　かえる　さかなのばけものは
絵のなかだし
それに天使がばけものを　たいじしてくれるし

でも　だいどころには――
あり　むかで　くも　はさみむし　が　かまきり　こおろぎ　しみ　だにの
み

はうやつ　はねるやつ　とぶやつ　かじるやつ　さすやつ　もぞもぞするやつ
　あしのおおいやつ

†

闖入者はお断り……家のドアには鍵がかかっている。だいどころには、鍵はかかっていない。しかし、テーブルに着くことができるのは許された者たちだけ――ちょっぴり窓に似てる。窓は、他人のからだは通さないものの眼差し、ときには声や物音、香りは通過できる。……ちょうど液体なら浸透させるものの溶解したある物質は通さない、そんな化学の容器にも似ている。

だから、だいどころは大丈夫。

そんな声を聞いて、思わずあたりを見まわす。それからしばらくして、わたし自身の口から出たことばだったことに気づく。すると、その声を聞いたのかどうか、おおきな鼠がよろよろ足もとに近寄ってくる。そして血を吐いて倒れる……齧歯類、と呼ばれるのも成程と思われる凶暴な口をひらいたまま。カミュの『ペスト』の幕開けも、確かこんなシーンだったな……。やがて、わたしもまたこの場所から排除されてしまうだろう。

e　おおきな魚はちいさな魚を喰う

ひきさかれた海の腹から　おおきな魚
その魚から　また魚
その魚から　また魚……

そんな海の〈恵み〉も
海がかくしもっていた臓腑のぐにゃぐにゃと

なまぐさい死臭に染まっている

†

また、諺。わたしは、この絵を見ながら〈食物連鎖〉の悲しみ……みたいなものを感じてしまう。この諺の絵、『ネーデルランドの諺』にもあるかな。『ウォーリーをさがせ！』の要領でさがしてみると、……あった、あった。真ん中のちょっと右、ちいさく《権力者が弱者を圧迫する》という意味の絵が。

むかしから変わらないものは、食べる場所、という生活の土台。そして生きものの基本。だから、だいどころは活気に満ちている、生命力に溢れている。大昔から、竈は家の中心。……竈賑う。竈を起こす。竈を破る――なんて慣用句もある。

しかし、だいどころの祭壇としての聖なる象徴も、竈の火と井戸の水のもつ宇宙の究極の要素も、電子レンジと浄水器によってとっくに失われた。また、決まった時間にテーブルに集まる家族も、いまはいない。

だいどころが役割を終え、家の中心に置かれたのは、ベッド。あなたが朝、そこから起き上がり、夜、ふたたび戻ってくるところ。昔からオデュッセウスのように、大地にしっかと根をはったオリーブの木の幹でつくった寝台は、英雄が旅から帰還する場所にふさわしい。
でも、眠りから追放されたわたしは夜中にベッドから起きあがり、ふたたびテーブルに漂着。

f　牛群の帰り

いそげ　くろいくもが
やまを　ぶどうばたけを　おまえたちを
のみこんでしまうまえに
は　をすっかりおとした　き　のうえで

からすが　さけぶ
つめたいかたなを　ななめにおいたような　かわが
あきのひの　ゆうぐれ　を　うつして
しずかにながれている

うしたちと　うしをおうひとたちの　せなかが
き　と　ぢめんに　すっかりとけあってるけど
みな　かえりをいそいでいるのは
しろいうしが　ながれているのでわかる

†

この絵を見て、まず目が行くのは手前のまんなかの白い牛、つぎに上の右側からたちこめる黒雲。それから、空と牛の群れとの境界にながれる川。雲も川も牛も牧人も、そして晩秋の黙劇を観る（観客）の眼差しも、右から左へと。
わたしは、いつもブリューゲルの絵を見るとき旅人の気持ちになって知らず知らずのうちに風景の中に水を探している。それが、壺の中の酒だったり、川だったり、海だったり、凍った池だったり……。

g　雪中の狩人

ゆうぐれの冬空のした、丘のうえの下手から
三人の狩人　たくさんの犬をつれて登場。おもい足どりで雪をふみ、
こわばらせた背中に　わずかな獲物を竿につるして。
さっきまで、あんなに息をはずませながら
雪のうえに狐が書いた足あとを読んでいたのに

いまは、うなだれた犬たちといっしょに
しずかに丘をくだっていく狩人たち。

ちかくに壊れた鉤にぶらさがった〈鹿亭〉の看板
おんなたちが焚火をかこんでいる
丘のしたでは　スケートをする子どもたちの歓声がひびいている。

†

目をとじる――。

三連目の〈鹿亭〉の前の焚火は、豚の毛焼き。冷たく澄んだ空気にまじる生臭い煙のにおいが、画集からだいどころに漂いだす。

ふかい雪を踏む重い足音と、わたしの心臓の鼓動が重なってくる。……ゆっくり、ゆっくり、きびしい寒さとわずかな獲物をはこぶ狩人の呼吸と。

ブリューゲルがこの絵を描いたのは一五六五年。〈年表〉を見ると、前年に長男が誕生している。四年後、ブリュッセルで、ブリューゲルの足跡が途絶える――死亡年齢は四十歳から四十五歳だという。

19
月は、最古のテレビ

朝、ひげを剃っていて、何気なく壁の染みに気がつく。ひととき目に見えないところでおおきくなっていた水分のことを考えながら、胃のあたりを撫で、微かな痛みについて思いをめぐらす。

壁の染みのかたちが何かに似ている、なんて考えながら首をかしげる——そんなあなたの姿を、室内のテレビが無表情に見ている。

＊

人類が月に降りたった日、はじめてよちよち歩きをした――という話を、あるひとから聞いたことがある。そういえば、テレビのモノクロの砂嵐の画像で、宇宙飛行士が月面を夢遊病のように歩いたり無邪気に跳ねまわったりするのを、あなたも見た。

（地面を歩きはじめたそのひとと過ごした歳月は、月の裏側で静かにくだものみたいに熟している）。

ひとは昔から月面の影に、かぐや姫やうさぎ、カニなどのかたちを見ていた――まるでテレビを見るように。それは天井の木目に、壁の染みに何かを思い浮かべる、ということに似ている。

そして、夜通しひかりを投げかけて眠る子どもを見守ったり、たえず雲とせめぎあって旅人を道に迷わせたりする――科学の時代のいまでも、月にはそんなメルヘンを思い浮かべさせる魔力がある。

＊

テレビを見る、ってことは、窓から外を見るということとは違う。たとえば朝、コーヒー片手に窓辺に佇み、ふわふわ心に浮かんでくるあれこれに思いをめぐらせ、レースのカーテンをふるわせながら室内にはいりこむ風や光に触れる――そんなひとときは窓から「見る」というより、窓辺に佇んで「眺める」といったほうが近い。

テレビは、タンスや棚、冷蔵庫などのように家の中に配置されているただの道具。ただ、ほかの家具の場合――たとえば深夜、冷蔵庫を開け、冷気と青い光を浴びながら残りもののチキンに手をのばしたり、ミキサーにくだものを入れてジュースを作ったり、テーブルに着いてからの家庭劇に参加、といったようにあなたは演じる側にまわる。

でも、テレビは違う。テレビの前では、わたしたちは観客に徹する。たとえあなたが参加したからといって、あなたはあくまで脇役——かつて映りの悪いテレビの頬っぺたを叩いたことがあった。だけど、そんなアクションはもう大分むかしのこと。わたしたちに残された行為は、せいぜいリモコンでテレビのチャンネルを変えることぐらい。

おなじ指先のささやかな動作だけど、指をなめて本のページをめくる——そんな仕草と、リモコンを操作する、というんじゃ、ぜんぜん違う。

偶然にひらいた本のページではひとつの物語の色彩は変わらないけど、テレビの場合、ニュース、バラエティー、ワイドショー、スポーツ、ドラマ、時代劇……リモコンで、コラージュされた不連続の世界の断片は、ワンシーンワンカットの窓とは、ぜんぜん違う。……いってみれば、トランプのシャッフル。坊主めくり。

*

《雀一羽落ちるのも神の摂理。来るべきものはいま来ればあとには来ない、あとで来ないならばいま来るだろう、いまでなくても必ず来るものは来るのだ。なによりも覚悟が肝要》。

あなたのお気に入りのことば。……テーブルでつぶやいているうちに、耳もとで潮が満ちてくる。いつのまにか眠ってしまったようだ――月の裏側で、くだものみたいに熟して……。

ゆうべだってテーブルでコインを人差指で弾いてクルクル……独楽の上にてのひらを被せ、〈裏〉って言ってから、おもむろに手を裏返して卓上のコインを見たときの台詞。《雀一羽落ちるのも神の摂理……》。

今度こそ、〈裏〉……三十七回やって、三十七回とも〈表〉。……手品で使う両面とも表のコイン、というんじゃないよ。その証拠に〈表〉と呟いてクルクル回す。……すると四十八回とも〈裏〉。

ゆうべのゲームは、ひどく退屈だったな。怠惰。無意味。徒労……おそらくあなたを取り囲む宇宙のおおきな沈黙、おおきな余白を押しとどめるためにゲームをし続けている……のかもしれない。

＊

もう何日も……昼日中、きゅうくつなソファーに寝そべって、買物籠から長葱が飛び出したように脚を突き出した格好のまま日が暮れるまでじっとしていた。

やがて、窓から夜が這入ってきて、あなたの足先を摑む気配を感じたりするが、あなたはカーテンを閉めず、電気も点けない。緩んだ水道の蛇口から滴る水音に世界が壊れていく音を重ね、耳を傾けている。

すぐ近くで消し忘れたテレビからちいさな音が洩れ、いろんな映像を映し出している。もし宇宙人が箱から放出された青い光の点滅する部屋でいつまでも横たわっているあなたのこんな姿を見たら一体どう思うだろう。

　テレビの時間は、窓の外の世界ほどゆっくりとは流れてくれない。でも、あなたのまわりは生きた空間というよりも立体感を失った平面みたいな感じ。時間も流れを止め、奥行きを失い、バラバラに散らばった、やはり奥行きのない表面になる。……世界が終わったあとも、廃墟に残されたテレビの映像は続くだろう。

＊　標題は、ナム・ジュン・パイクより。なお、《　》内はシェイクスピア『ハムレット』（小田島雄志訳）。

20
砂の本

この本、ずうっと前に読んだことがある。

《八十七日も不漁がつづいた》の文章にエンピツで傍線。ページのあいだからテーブルに少し砂がこぼれ落ちた。

真夜中のだいどころに、潮の香りとオールを捌く水音。

傍線は、次の箇所にも――《少年が鰯と新聞紙にくるんだ二匹の餌魚とを持って戻ってきた。二人は小砂利のまじった砂を足の裏に感じながら小舟のほうに歩いていった。それから、小舟を持ちあげて水のなかへ押しだした》。

あれはいつのことだったろう——釣竿がしなり、手にビビビッと来た。跳ねた。おおきかった……そして、魚は水面に波紋をひろげ、水の中に消えた。おぼえてるよ——あのときの感触……。おまえはまだ少年だった。テーブルの本から顔をあげて、てのひらを見つめる。

骨と皮ばかりの静脈の浮かんだ手……まるで葉をふり落とし、すっかり裸になった木……だけど、おまえは今日まで木の根が邪魔なものを避けながら土の中で伸びていくように危険をさけながら手を伸ばしてきた。

きのうの朝、洗面台の縁に片手をつき、もうひとつの手で湯気に曇った鏡を拭った……歳月に侵蝕された顔。まるで乙姫さまに手渡された浦島太郎の玉手箱。

おまえとおんなじ——小説の中の痩せこけた老人の項にも、深い皺が刻み込まれている。頬は、海が反射する太陽に灼け、皮膚癌のような褐色の染み。年を取ると早起きになって目覚時計など必要がなくなるし、大声でひとりごとを言うようになる。以前は、ひとり舵をとりながら歌をうたったりしたものだが。だけど、小説の老人の眼は、海を湛えた青。それに比べて、おまえの眼はもう少しで白濁。小説の老人の皮膚は乾涸びた砂漠なのに、おまえの皮膚は渋紙。おなじ魚を喰う人間だけど……釣に行くとき、さすがに魚鉤《やす》や銛、ましてや棍棒などは持参しない。

でも、八十五歳の老人を脱ぎ捨てると、五十三歳の日に焼けた大男ヘミングウェイの姿があらわれる。紙の上のマカジキと老人との戦いはまるで闘牛みたい。テーブルのパン屑を拾いに来るたくさんの鮫に棍棒の雨を降らせたりもする。

もちろん、おまえだってものがたりの老人とおなじように眼や手を痛めたり。でも、おまえの眼はカッと照りつける太陽によってじゃなくて、パソコンの青い光の所為だし、おまえの手は魚と綱引きして出来た死後硬直じゃなくて、寝違えて血管を堰き止めた為。

それに、いままでアフリカの夢なんて見たことがない。ライオンの夢も。……《ラ・マル》、ときどき母の夢を見る。


本の欄外は、凪の日――《八十七日も不漁がつづいた》……もしかして書かれていることよりも、書かれていないことの方が重要なのかもしれないな。余白が、沈黙が、より饒舌に語ってる……水の中のおおきな魚のように。

オールを捌く水音がつづいている。本のページから、砂が吹き込んでくる。やがて、おまえは静かに砂に埋れていくだろう。

＊ ヘミングウェイ『老人と海』（福田恆存訳）を織り込みました。

21 さよなら、フランケンシュタインの怪物

そうだった、〈フランケンシュタイン〉は怪物の名前じゃなくて、怪物を創造した人物の名前だったんだ。怪物には名前がなかったんだ……『吾輩は猫である』の語り手の猫に、名前がなかったように。

本をひらいて、きみはつぶやいた。

また、本より先にボリス・カーロフが演じた古い映画の怪物のイメージ（電極が突き刺さった首や、笑っているような怒っているような泣いてるようなヌーボーとした顔――怖ろしくて滑稽で、どこか物悲しい大男）がきみの中に形づくられていた。

アンドロイドといっても、メカニックなSF小説っていうより、ゴシック小説。スポーツカーっていうより、ダンプカー。……何人かの屍体のパッチワークは、骨格標本や人体模型、ホルマリン漬けの瓶の中身のような理科室のにおい。

さて、映画で創られたギクシャクしたこのダンプカー、原作では氷山の裂け目をいとも軽々と飛び越えたり、銃弾をかわしながら稲妻の速さで駆けだしたりして、ページをめくりながら、きみは吃驚……まるで河馬やペンギンが、水中で敏捷に泳ぎまわる姿を目撃したときみたい。おまけに頭がトロそうなこの怪物、『失楽園』や『プルターク英雄伝』、『若きウェルテルの悩み』を読みふけったりする。

すっかり忘れていた。

再読の愉しみのひとつに、いつのまにかきみの中で書き換えられてしまったイメージに驚く、といったことがある。それから、読んでるときの年齢によってまた新たな発見も――馴染みの散歩道を歩いていても、毎回ちがったひとや鳥や小動物、風とすれちがい、季節によっておなじ風景が新鮮に見えるように。
それと、以前に読んでるときのきみの思い出をなぞりながらページをめくる、っていうことも――子どものとき父の書斎の隅っこで『フランケンシュタイン』を縮こまったまま読んでいたら、いつのまにか昼から夕方になっていた――煙草や黴の染みついた湿っぽい部屋の空気、読みふけっていたときの窮屈な姿勢などが、いまでもページのあいだに栞のように挾み込まれている。

むかし、夏休みに厚紙の箱やダンボールや紙で人体の模型を作ったことがある。もっとも、ちいさなフランケンシュタイン博士が作った人造人間……まあ、科学者というより錬金術師や神秘主義者のほうが近いのかも。

理科室の標本とは違い、きみがだいどころで作ったものは奇妙なリアリティの臭気が完全に払拭され、もっとポップアートに近い。

ダンボールをまるく切った顔にマジックインキで目と鼻と口と耳。厚紙のごわごわした皮膚をドアのように開けると、からだの中――口から胃、小腸、大腸へと曲がりながら伸びる管。管のまわり、房のように心臓、肺、肝臓、腎臓がぶら下がり、無数にはしる赤い線によって繋がっている。

このポップな怪物があの日、荒い砂まじりの声できみに囁いた――オレガ頼ミモシナイノニ、オマエハ勝手ニてーぶるデオレヲ作リ、ソレカラ追放シタ。今度ハ、オマエガ出テ行ク番ダ。

小説とは違って、もちろん人体模型を動かすことなんか出来やしない。でも、確かなのは――あの日もいまも、椅子に座っているきみのからだの内側、ぐにゃぐにゃ曲がった太い管が、たえず膨らんだり萎んだり、伸びたり縮んだりしてるってこと。心臓は細い管から血液をおくるため一日十万回も動き、酸素を取り込むために肺はふいごのように空気を吸い込みガスを吐き出したりしてるってこと。

きみもまた、怪物だってこと。

パウル・クレーの〈忘れっぽい天使〉を　だいどころの壁にかけた――目次

装画
カバー＝相澤ひかる
表紙＝相沢育男

相沢正一郎（あいざわしょういちろう）

一九五〇年、東京生れ。

詩集
『リチャード・ブローティガンの台所』（一九九〇・書肆山田）
『ふいに天使が　きみのテーブルに着いたとしても』（一九九三・書肆山田）
『ミツバチの惑星』（二〇〇〇・書肆山田）
『パルナッソスへの旅』（二〇〇五・書肆山田）
『テーブルの上のひつじ雲／テーブルの下のミルクティーという名の犬』（二〇一〇・書肆山田）
『プロスペローの庭』（二〇一二・書肆山田）
『風の本　〈枕草子〉のための30のエスキス』（二〇一五・書肆山田）

パウル・クレーの〈忘れっぽい天使〉を　だいどころの壁にかけた＊著者相沢正一郎＊発行二〇一九年七月一〇日初版第一刷＊装画相澤ひかる／相沢育男＊発行者鈴木一民発行所書肆山田東京都豊島区南池袋二―八―五―三〇一電話〇三―三九八八―七四六七＊組版中島浩印刷精密印刷石塚印刷製本日進堂製本＊ISBN九七八-四-八七九九五-九八九-八